alta mar

C
Cuentos

Bruño

Directora de la Colección
Trini Marull

Coordinadora de Producción
M. Morales Milla

Diseno gráfico
Tau Diseño, S.A.

Háblame del sol

Premio Villa de Torrejón 1993

Premio CCEI 1995

Ángel Esteban

Premio Lazarillo de ilustración 1986

Ilustración

Ángel Esteban

Taller de lectura

Isabel Carril

© Ángel Esteban Lozano.

© Grupo Editorial Bruño, S. L., 1994.
Juan Ignacio Luca de Tena, 15. 28027 Madrid.

Primera edición: octubre 1994
Segunda edición: octubre 1996
Tercera edición: octubre 1997
Cuarta edición: marzo 2000
Quinta edición: abril 2001
Sexta edición: julio 2002
Séptima edición: abril 2004
Octava edición: abril 2005
Novena edición: junio 2006

ISBN: 84-216-2282-X
D. legal: M. 22.270-2006
Impresión: Villena, A. G.

Printed in Spain

haz tu propio fichero

◆ Soy ilustrador.

◆ Ahora también escribo libros pequeños para los pequeños.

◆ Lo que más me gusta es escribir sobre animales, nuestros compañeros de viaje en la nave de la vida.

◆ Y no soporto que se les trate mal, porque toda vida debe ser respetada.

para ti...

*La naturaleza tiene su manera
de expresarse; sólo hay que
conocer su lenguaje. El viento
fresco de la mañana quiere decir
buenos días; la lluvia suave
es una broma de las nubes; cuando
se hace torrencial es que están
enfadadas; en primavera
la naturaleza está jugando y cuando
es otoño es que medita sobre
la vida y todo eso... El sol rojo
del atardecer nos da las buenas
noches y durante el día sus rayos,
filtrándose por las ventanas
y las rendijas, nos gritan:
¡Vive y sé feliz...!*

ÁNGEL

Queridos niños:

*Esta historia tiene como protagonista
a una familia de ratones. «¡Uf!», dirían
los mayores. «¿Por qué a los mayores
no suelen gustarles los ratones?
¡Con lo simpáticos que son!: sus ojillos
inquietos, sus bigotes en continuo
movimiento y esa curiosidad por
observarlo todo.» Casi, casi como un niño
o una niña de tu edad –sin bigotes, claro–.
El Ayuntamiento de Torrejón de Ardoz,
pueblo que patrocina el Certamen
del que esta historia ha sido ganadora,
quiere que todos los niños y niñas amen
la lectura. ¡Ojalá este deseo pueda algún
día hacerse realidad…! Y para empezar
a sonreír y a disfrutar, nada mejor que
una hermosa historia bien narrada.*

José PINA
ALCALDE-PRESIDENTE DEL AYUNTAMIENTO
DE TORREJÓN DE ARDOZ

Para Ana.

Háblame
del sol

ERA otoño, el tiempo en que los árboles se desprenden de sus hojas, cubriendo el suelo con un manto que parece de oro; el tiempo en que todas las nubes se instalan cómodamente en el cielo, dispuestas a pasar allí una larga temporada; el tiempo de la lluvia y el viento...

El abuelo caminaba
entre la hojarasca procurando
no hacer demasiado ruido.
Iba a visitar a sus nietos,
que habían nacido hacía poco tiempo:
tres preciosos ratoncitos.

Llegó al árbol hueco
en el que vivían, tras recorrer
un pasadizo, cuya entrada estaba
camuflada entre unas zarzas.
Encontró a los papás contemplando
felices a sus pequeños.
Los tres dormían plácidamente
en la cajita de madera
que les servía de cuna.

«Lo que son las cosas –pensó
el abuelo–. Hace tan sólo una semana
no existían y ahora sus leves
gemidos y su calor
lo llenan todo.»

El abuelo vivía cerca de allí,
en el sótano de una casa
de campesinos.

Ese día tuvo suerte y pudo conseguir un rico postre. Sus vecinos celebraban una fiesta y a través de las grietas del suelo, que a su vez era el techo del sótano, se habían filtrado miguitas de tarta de chocolate.

En realidad esto ocurría con frecuencia,
pues se trataba de una familia
numerosa y muy alegre,
por lo que siempre había
un cumpleaños que celebrar
o un motivo para hacer alguna fiesta.

—Habrá que ponerles un nombre
–dijo el abuelo contemplando
a los ratoncitos con ternura.

—Es verdad –contestó el papá.

—¡Qué tonta! Estaba tan emocionada
que me olvidé por completo –añadió
la mamá, sin dejar de mirar
a los pequeños.

Estuvieron toda la tarde buscando
nombres sin encontrar ninguno que les
gustara, y decidieron dejarlo para otro
día en que estuvieran más inspirados.

Antes del anochecer, el abuelo
se marchó a su casa.
Su hijo le acompañó hasta
el puente de madera. Por el camino
iban hablando del milagro de la vida,
y el joven papá mostraba
una alegría en los ojos
y en el corazón que le hacía
parecer distinto.

Se despidieron. Camino de su casa,
el abuelo vio caer muchas hojas
amarillas de los árboles
y pensó que sería mejor de otra forma.
Por ejemplo, las hojas podrían
nacer ahora que empieza el frío
para abrigarse con ellas y caer
de las ramas en el verano,
cuando hace tanto calor.

«Verlos desnudos en este tiempo
da un poco de pena», pensó.

Su hijo, en cambio, no tenía
tiempo para estas reflexiones.
Quería llegar cuanto antes a casa
y estar con los pequeños.

De pronto, se vio envuelto por un olor muy agradable. Estiró el hocico para localizar su procedencia y no tardó en hallarla. Allí, junto al camino, había una caja que seguramente contenía un queso. Intentó moverla, pero pesaba tanto...

«Nada. ¡Imposible! ¡Qué lástima! Seguramente se le ha caído a algún viajero... En fin...»

Se alejaba, pero pensaba en los chiquitines.

«Esto aseguraría la comida para todo el invierno...»

Y regresó junto a la caja.

«Con una pequeña ayuda podría moverla...»

Y corrió hasta la casa. La mamá seguía
contemplando a los pequeños
encantada. Él le contó lo sucedido
y los dos, tras pensarlo un rato, salieron
hacia el camino a buscar la caja.

EL día siguiente trajo lluvia.
El abuelo llegó hasta la casa del árbol deseoso de ver a sus nietos. Iba cantando una canción de juventud. Le extrañó que no salieran a recibirle como otras veces. «Estarán ocupados con los pequeños», se dijo.

De pronto se oyeron unos gemidos lastimosos. Los ratoncitos estaban solos.

—¡Jos! ¡Luisa! –gritó.

Nadie contestó.

Los más terribles pensamientos pasaron por la cabeza del anciano.

Tranquilizó a los ratoncitos con unas miguitas de chocolate y esperó toda la noche a que regresaran los papás.

A la mañana siguiente, con lágrimas
en los ojos, tomó a los pequeños,
los metió en una caja de cartón
y los llevó con él a su casa.

Allí los tres se fueron haciendo
mayores. El sitio era estupendo,
lleno de los más extraños cachivaches
con los que se podían inventar
toda clase de juegos divertidos.
Había espacio para correr y saltar.
La comida más exquisita llegaba todos
los días de lo alto; era como
si los campesinos estuvieran enterados
de su existencia y la derramaran
a propósito. Había también una bañera
y un grifo. Allí podían bañarse
y jugar con el agua; esto en verano,
claro. En fin, un lugar inmejorable.
Fuera de allí, en cambio, estaban
el frío y toda clase de peligros.

Los ratoncitos no tenían nombres.
El abuelo no se los había puesto,
pues no perdía la esperanza de
que un día se produjera el milagro
de que sus padres pudieran regresar.

Entretanto, les llamaba Uno, Dos
y Tres, según el orden
en que habían nacido.

TRES, el más pequeño,
estaba intrigado desde hacía
tiempo por la aparición
de una luz que surgía del techo,
cruzaba la habitación
y se derramaba por el suelo.
No era como otras luces que también
procedían del techo, amarillentas
y tenues. Éste era un rayo
de luz blanco y brillante;
sólo duraba unos instantes
y luego desaparecía.

Tres jugaba con esa luz,
la detenía en su mano o en su cuerpo.
Ponía debajo los más diversos
objetos y éstos adquirían
un color más luminoso.

Otras veces, en cambio,
se quedaba frente a ella observándola,
sin parpadear siquiera.

Sus hermanos, sin embargo,
parecían no haber reparado
en aquella maravilla. El abuelo, sí.

Observaba al pequeño intrigado
por el prodigio y un día tuvo
que contestar la pregunta que siempre
supo que llegaría:

—¿Qué es, abuelo?

—Nada, no tiene importancia.

—Pero dime qué es...

—Es el sol. Vamos, es hora de comer.

—¿Qué es el sol?

El abuelo se quedó pensativo
bajo la mirada atenta del pequeño.

—Está allá arriba...

—¿En la casa de los campesinos?

—Más arriba aún. Lanza sus rayos
por todas partes y éste ha venido
a visitarte.

El pequeño ratón esperaba cada vez
con más emoción la llegada del rayo
de sol. Ya apenas jugaba
con sus hermanos, y si algún día la luz
no llegaba se ponía muy triste
y entonces acudía hasta su abuelo
con la misma pregunta de siempre:

—Háblame del sol.

El abuelo se resistía. No quería
que su nieto tomara demasiado cariño
al sol. Pero sin darse cuenta
comenzaba a hablar de él
con el corazón lleno de nostalgia.

—Es redondo y al atardecer se vuelve
rojo. Lo recuerdo un día, hace
ya mucho tiempo, sobre el mar.
Era tan rojo que teñía el agua.

—¿Qué es el mar, abuelo?

—El mar... Es una extensión enorme
de agua. No es tranquila como
la del río. Se agita continuamente
formando espuma, como si quisiera
salir y correr por el campo,
igual que los conejos o las ardillas.

Pasaba el tiempo. El pequeño ratón no
sólo no se olvidaba del sol, sino que día
a día aumentaba su interés por él.

—Hace tiempo que no lo veo...

—Es invierno, pequeño; el sol se retira
a descansar, pero en ocasiones aún
se le puede ver a través de las nubes.

—¿Qué son las nubes?

El abuelo permaneció un momento
en silencio. Luego dijo:

—Hace mucho tiempo, entonces
yo era joven, me vi perseguido
por una fiera terrible. Aunque nunca
pude verla de cerca, sí oía sus rugidos
y el ruido de sus patas, que al correr
hacían temblar la tierra. De pronto,
ante mí apareció el río. ¿Qué hacer?
Nunca fui un buen nadador,
pero no había elección. Me lancé
al agua. La fiera debió de considerar
que yo no valía un chapuzón
y abandonó la persecución.

Nadé hasta llegar a la otra orilla.
El agua estaba helada; era invierno.
El sol llevaba muchos días sin aparecer,
pues el cielo estaba cubierto de nubes.

Yo estaba tiritando de frío, casi no sentía mis manos. De pronto vi cómo el sol intentaba abrirse camino entre las nubes oscuras, pero ellas se movían impidiéndole salir. Fue una lucha tremenda, hasta que al fin, ante la fuerza del sol, se retiraron. Entonces él apareció con todo su esplendor: amarillo y luminoso. Sentí sus rayos sobre mi cuerpo y no tardó en secar mis ropas y mi pelo.

Luego, tras sonreírme, se ocultó.

Siempre recordaré aquel día.

—Nunca me habías dicho que eras amigo del sol –dijo el pequeño ratón con voz emocionada.

—También es amigo tuyo. Ya ves. Siempre que puede viene a visitarte. Los días en que no aparece es porque las nubes no le dejan. Debes ser comprensivo con él.

—¡Nubes tontas!

—No, pequeño, ellas sólo hacen
su trabajo...

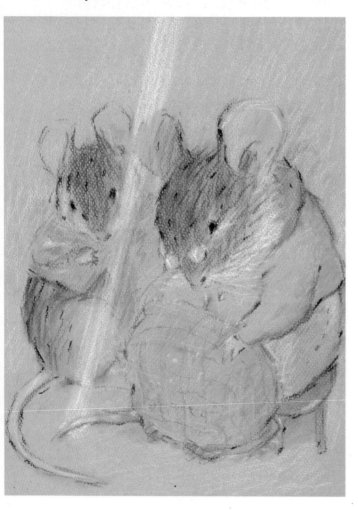

OS dos hermanos jugaban sin descanso, indiferentes a aquel rayo de luz que llevaba ya más de una semana sin aparecer. Para ellos el sótano era todo su mundo, mientras Tres se sentía cada vez más triste.

El abuelo no sabía qué hacer, y una noche en que no podía dormir por la preocupación tuvo una brillante idea. Durante los días siguientes, cuando todos dormían, él trabajó en ella. Los pequeños pronto cumplirían un año. Los regalos de Uno y de Dos los tenía ya resueltos. Debía terminar el de Tres; un regalo que sin duda le encantaría y que iba a devolverle la alegría.

—¡A la cama, chicos!

—Es pronto aún –se quejaban.

—Nada de eso. Hay que dormir.

—¡Qué lata...!

Y el anciano se afanaba en su obra,
durante casi toda la noche,
y por las mañanas dormía
hasta muy tarde, lo que hacía mucha
gracia a los ratoncitos, que le conocían
como un gran madrugador.

Y llegó el día de los cumpleaños.

El abuelo, de un pequeño baúl,
extrajo un precioso chaleco verde,
que le entregó a Uno. Le sentaba
de maravilla. A Dos le dio una bufanda
nueva de color azul con flecos
en los extremos.

—¡Como el cielo azul! –exclamó
el abuelo, aumentando
la tristeza de Tres, que se hallaba
algo apartado del grupo.
Entonces el abuelo se dirigió a él–:
Tres está muy triste… Como
no puede ver el sol...

El más pequeño de los ratones
estaba sorprendido, pues el abuelo
nunca había empleado aquel
tono de burla, y aún continuó:

—¿Verdad, chicos, que Tres está triste
porque no puede ver el sol?

—¡Sí! –corearon los otros dos.

Luego hubo un silencio.

—Bien... Pues ahora tendrá
que dejar de estarlo –se dirigió
hacia la pared, trepó con torpeza
por unas cajas apiladas junto
a ella y desde allí arriba exclamó–:
¡Bueno, he aquí tu regalo
de cumpleaños, querido Tres! –y retiró
un cartoncito apoyado en la pared.

Todos vieron con extrañeza
un puntito de luz.

—Acércate, Tres –dijo con voz
orgullosa.

El ratoncito trepó con desgana
por las cajas hasta situarse
a la izquierda de su abuelo.

—Mira por aquí —le pidió el abuelo
señalando el puntito de luz.

Tres acercó uno de sus negrísimos
ojos al orificio. Así permaneció
un ratito moviendo nervioso la cola.
Sus hermanos ya estaban
dedicados a sus juegos,
luciendo los regalos
de cumpleaños.

Tres apartó al fin su cara de la pared
y exclamó emocionado:

—¡Es hermoso! Nunca pensé
que lo fuera tanto.

—Sí que lo es.

—Gracias, abuelo.

—No hay de qué.

Por aquel pequeño agujero se podía
ver todo un mundo, lleno de luz
y de colores: el mundo del exterior.

—¿Puedo mirar otra vez?

—Es todo tuyo. ¡Mira! Aquello
que surge de la tierra es un árbol.
Sus hojas están ahora amarillentas.
En primavera nacerán otras verdes...
Y allí, el cielo, ahora cubierto de nubes
–explicaba el abuelo emocionado.

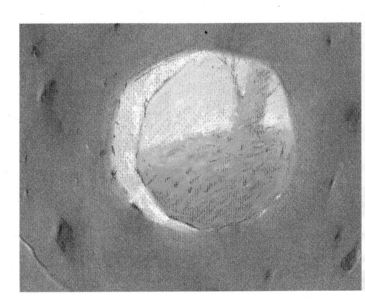

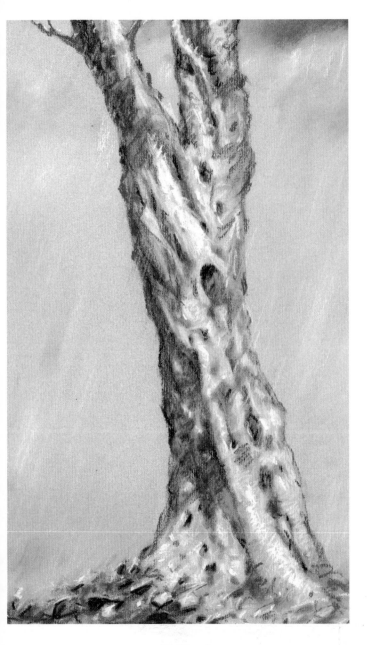

—¿Y el sol, dónde está el sol?

—No lo sé. Tal vez desde aquí
no podamos verlo, pero su luz está
iluminándolo todo. Puede decirse
que todo lo que ves es el sol.

—¡Gracias, gracias, abuelo! Es el mejor
cumpleaños que he tenido jamás.

—El único.

—El mejor...

LOS esfuerzos nocturnos del abuelo habían valido la pena. El pequeño ratón recobró la alegría perdida y jugaba sin parar con sus hermanos, aunque con frecuencia interrumpía su actividad para echar una mirada al mundo exterior.

—Abuelo, allí, aquello rojo...

—Déjame ver... Es una flor que acude puntual a su cita con la primavera.

—¡Allí, abuelo, otro puntito rojo!

Los días pasaban felices en aquel lugar.

—¡Abuelo, un puntito blanco!

—Otra flor.

—No es roja.

—Las hay de todos los colores.

Y el rayo de sol volvió a acudir a la cita
con su amigo y Tres le contaba
lo que veía por su agujerito.

—¡Abuelo, abuelo!

Los gritos desesperados de Tres
le despertaron.

—¿Qué ocurre?

—¿Qué es esto?

—Veamos... Vaya, nos ha crecido
una flor justo al lado de casa.

—¿Es una flor? ¿Son así?

—Así son. Vistas desde lejos parecen puntitos de colores, pero de cerca... Esas gotitas de agua son el rocío. Aspira su aroma. Es estupendo. ¡Hummm!

Cada día surgían nuevas flores delante del agujerito, hasta impedir toda visibilidad, lo que llegó a molestar seriamente al pequeño ratón.

En cambio, el sótano se iba llenando
del aroma de la primavera.
Estas dos circunstancias hicieron
que Tres finalmente tomara
una decisión que el abuelo temía
desde hacía mucho tiempo.

—Abuelo...

—Dime, pequeño.

—Quiero ver el sol.

—No tardará en aparecer.

—No, me refiero al sol de verdad,
al que está ahí fuera.

—Pero es peligroso. Te he contado
lo que les ocurrió a tus padres...

—Lo sé. Pero él está ahí, y las flores
y los árboles me llaman.

—Pero...

—He de ir...

El abuelo no respondió.
Sabía que era inevitable.

—¡Oh, la juventud! –exclamó–. La vida en el sótano es apacible y estupenda para un viejo como yo que ya lo ha visto todo, pero esos ojos negros están deseosos de contemplar cosas nuevas –y siguió con sus meditaciones–:
Por otra parte, Tres es astuto. Durante todo este tiempo los juegos infantiles han sido una buena enseñanza, y sus movimientos son ágiles y su oído muy fino. En realidad, este pequeño está preparado para la vida.

Los hermanos de Tres, en cambio,
no parecían compartir las mismas
inquietudes. Parecían felices
en el sótano con sus juegos,
y ahora que llegaba el buen tiempo
no dejaban de chapotear en el agua.

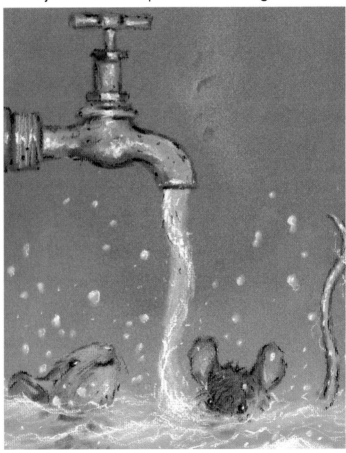

EL pequeño de los hermanos
iba metiendo miguitas en una
pequeña bolsa. Ya casi estaba
llena. No tendría problemas
con la comida durante unos días.

El rayo de sol acudía puntual a la cita.

—Pronto nos veremos
–le decía el pequeño, y la luz del sol
se ensanchaba y se hacía
más luminosa, como si quisiera
expresar su alegría.

Al fin llegó el día. Sus hermanos
le aconsejaron que no lo hiciera
y el abuelo callaba.

—Recuerda –le decía Dos–
lo que le ocurrió un día a...

—¡Chiss! –interrumpió el abuelo.

El ratoncito echó una mirada a todo lo que había sido su vida hasta entonces y una lágrima se deslizó por su mejilla. Luego, muy lentamente, abandonó el lugar.

El sótano estaba muy triste desde que él se fue. Con frecuencia, el abuelo lanzaba un suspiro, y los chicos no jugaban como lo hacían antes.

Todos pensaban en lo que estaría haciendo el pequeño. Unas veces le imaginaban perseguido por fieras terribles en la oscuridad de la noche. Otras, en cambio, le veían tumbado sobre la hierba verde y fresca mirando a un sol rojo y redondo.

Y seguían pasando los días. El sol que penetraba ahora en el sótano era cada vez más débil. Las flores que tapaban el agujerito se habían secado, y a través de él se descubrían los árboles y el suelo amarillos.

Un día, Dos se acercó a la tenue, casi invisible luz del sol que se desprendía del techo y la observó con atención por primera vez. Luego se dirigió al abuelo y le dijo:

—Abuelo, háblame del sol.

Hubo un largo silencio; después,
el abuelo habló:

—...Es redondo y amarillo,
y al atardecer se torna rojo y...

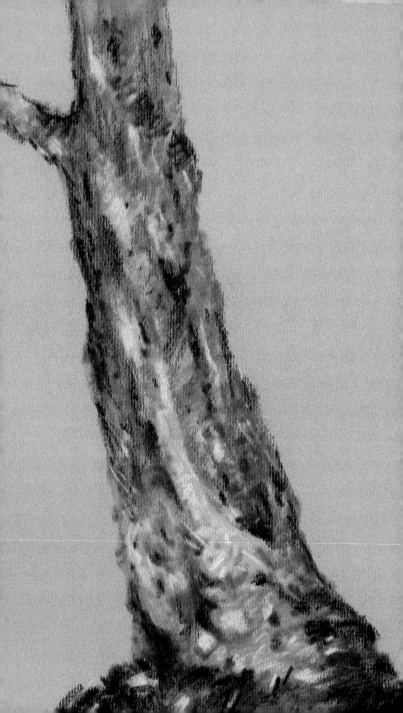

Taller
de lectura

El cuento que has leído es un cuento *especial*. Lo primero que vemos es que lo ha escrito la misma persona que lo ha dibujado, Ángel Esteban. Esto no pasa en todos los libros. Pero lo que lo hace *más especial* vas a decirlo tú en estas páginas finales.

1. Los personajes

1.1. En este libro todos los personajes son miembros de una misma familia: el abuelo, los padres y los tres hermanos.

Uno de los tres ratoncitos es *más especial* que los otros. Piensa en los tres hermanos y contesta:

¿De qué ratoncito se habla más en el cuento? ....

¿Cuál de ellos descubre por primera vez el rayo de sol? ....

....

¿Quién hace más preguntas al abuelo?

....

....

¿Quién tomó la decisión más importante?

....

¿Te das cuenta de que siempre es el mismo ratoncito? Por eso el ratoncito .... es *el protagonista* de este cuento.

1.2. Dibuja en una hoja al protagonista.

1.3. Rodea con un círculo la principal característica de Tres: *pequeño, juguetón, valiente.*

2.1. Aquí tienes el significado de algunas palabras del cuento y las páginas donde se encuentran. Escríbelas en los recuadros, sin que te sobre ninguno:

1. Sentimiento de tristeza del abuelo cuando habla del sol que ahora puede ver (pág. 33).

2. Agujero que el abuelo hace para Tres (pág. 46).

3. Débil. Cómo es el rayo de sol cuando Dos se fija en él (pág. 64).

2.2. Busca la palabra del cuento que te haya parecido *más especial*. Cuando la encuentres, coge una revista vieja y recorta las letras grandes que necesites para formar tu palabra. Por último, pégala aquí:

3. La libertad

3.1. En este cuento es *muy especial* ver cómo el ratoncito Tres, y nos imaginamos que más tarde sus hermanos, elige salir de su agujero y ser libre para conocer y disfrutar el mundo exterior. Haz una lista de ventajas y otra de inconvenientes:

Ventajas:

Tumbarse en la hierba, ...

....

Inconvenientes:

Ser perseguido por un animal salvaje, ...

....

3.2. ¿Qué les contará Tres al abuelo y a sus hermanos el día que vaya a verlos?

....

....

Índice

Series *de la colección* alta/mar

 Aventuras

 Ciencia Ficción

 Cuentos

 Humor

 Misterio

 Novela Histórica

 Novela Realista

 Poesía

 Teatro

Títulos publicados
A partir de 6 años